HAIKU Collection HARUGOTATSU
句集
春炬燵
藤田峰石
Fujita Houseki
新葉館出版

序

平成三十年夏、句集を作りたいという藤田峰石さんの申し出を頂いた。国立療養所栗生楽泉園の盲人会職員、中澤幸子さんからの連絡により承った。峰石さんは、茨城県の御出身で、大正十五年二月生まれ、満齢九十三歳になられる。若い頃にハンセン病を発症し、群馬県草津国立療養所栗生楽泉園に入所された。峰石さんは、永年に渡り楽泉園入所者自治会長として、園に入所している方々の人権を守るための活動に貢献してこられた。入所している方々は、嘗てハンセン病に罹患し、その後遺症を抱えながら生活をされている人達である。

嘗て我が国では、「らい予防法」により間違った隔離政策が取られていた。当時入所されていた方々は、差別と偏見により筆舌に尽くし難い困難を極めてこられた。しかし、「らい予防法」が見直された後、現在の園内は、入所されている一人一人への福祉が行き届き、良き時代へと変わっていった。医療、リハビリ、介護などが充実。医師、看護師、医学療法士、介護士、園の職員さん等による、あたたかく、きめの細かなケアが行き届いている。入所されている方々は、ケアを受けながら、明るく不自由のない暮らしを送っておられる。こうした、入所者の皆さんの穏やかな暮らしは、自治会長としての峰石さんの永年にわたるご尽力があればこそ、のことなのだと思う。そして、峰石さんは現在、多くの大学生や、若者たちに、ハンセン病者の苦しかった時代の体験をもとに、語り部として、活動をされている。このような苦しみを二度と繰り返させない為に、ご自身の負の遺産を後世に語り継ぐ活動を、精力的に行っておられる。

峰石さんは、二〇〇五年（平成十七年）五月から、楽泉園『高原』誌の俳句欄に投句を始められた。当時高原俳句会の会長は、蛇笏賞、紫綬褒章等数多くの賞を受賞され、日本屈指の俳句作家であった村越化石先生が務められていた。化石先生は私の生涯の師であった。心の俳句を大事にされ、生きる証を俳句に詠まれてきた魂の俳人であった。

高原俳句会の前身は、「栗の花句会」である。「ほととぎす」同人で大阪の医師、本田一杉先生を選者に迎え昭和十三年に発足した。昭和二十二年に一杉先生が来園の折、失明俳人浅香甲陽に与えた言葉がある。「肉眼は物を見る。心眼は仏を見る。俳句は心眼あるところに生ず。」という言葉である。私は以前、化石先生からこの言葉をお聞きして以来、私の作句の拠り所にしている言葉でもある。昭和二十一年十二月、楽泉園の機関誌『高原』が創刊された。当時各結社に加盟していた人々はすべて『高原』に投句。その選者には、昭和二十四年六月に逝去されるまで、本田一杉先生が当たられた。その後は同年十二月から二十五年十月まで中村汀女先生が選者に当たられた。

その後は『濱』主宰の大野林火先生を選者に迎え、多くの会員は『濱』に入会した。これが事実上の「高原俳句会」の誕生であった。林火先生が昭和二十六年四月に初めて来園された時、当時の矢嶋園長に「魂と魂のぶつかり合いで接します」と語られたと云う。林火先生は、初めて会う会員を前にし、「心の俳句」を説かれたのであった。

林火先生は昭和五十七年八月に逝去された。その後は『濱』を引き継がれた、松崎鉄之介先生が高原俳句会の選者に当たられた。松崎先生は、平成二十六年八月に逝去された。その後平成二十六年十一月号から、私三浦が高原俳句会の選に当たることとなった。当時五十名程いた高原俳句会会員も、現在では数名の方々となった。峰石さんもその内のお一人である。皆さんの意欲ある毎月の作品を楽しみに拝見している。

園の自治会長である峰石さんは、俳句の他に随筆、詩、川柳をたしなまれる多才な御方だ。これまでに幾つかの本も出版されてこられた。

藤田峰石句集『春炬燵』は二〇〇四年（平成十六年）から二〇一八年（平成三十年）までの三八八句が収められている。

定位置にルーペとペンと春炬燵　藤田峰石

峰石さんは掲句で二〇一七年度、日盲連文芸大会の文部科学大臣賞を受賞された。掲句は、峰石さんのさり気ない日常の暮らしの一齣を切り取って詠まれたものだ。机代わりに置かれたいつもの春炬燵。その上には、峰石さんの目の補助をするルーペがあり、ペンが置かれている。目の御不自由な峰石さんにとって、「定位置」に置かれていることは大事なことなのである。「いつもの所に手を伸ばせばある」ということが、毎日の暮らしの中ではすこぶる大事なことなのだ。そして、「春炬燵」を句の最後にもってきたことが素晴らしい。「春炬燵」の語感の明るさ、暖かさが読み手の心にスッと入ってくる。読み手も何とはなしに、ほのぼのと明るい気持ちになってくるのである。病気による偏見や差別の苦しみの時代を乗り越えてこられた先に、辿り着かれた今の平穏な日常の幸せが、この一句に表出されている。ほのぼのとした温かさに包まれた秀句である。文部科学大臣賞を受賞されたことを、心からお慶び申し上げる。この「春炬燵」が句集名となった。峰石さんの永年のご苦労が報われた「春炬燵」なのである。

亡くなられた奥様を詠まれた句が句集全編に散りばめられている。

今も妻と二人三脚春近し
今生の別れを惜しむ牡丹雪
天国に召されし妻よ風光る
バラ活けて妻の香りの満ちてくる
妻の顔浮かびて夜の秋となる
神となりし妻に水仙捧げけり
萩咲いて妻に供へしおはぎかな
風鈴の音色にひびく妻の声
亡き妻に声かけ新茶供へけり

峰石さんの日常の暮らしの中で、ご苦労を共にされてこられた奥様の存在は、なくてはならないもの。今も亡き奥様は峰石さんの心の中に生きていらっしゃる。奥様の魂に声をかけて、いつもお二人寄り添っておられるのだと思う。花が大好きでお心の優しい奥様でいらしたのであろう。
峰石さんにとって、奥様の次に大切な存在が多くの仮のお孫さんである。

初風呂の孫と背中を流し合ふ
正月に八人の孫揃ひけり
雪を来し孫へそれぞれお年玉
萩こぼれ孫と別れの握手せり
聖樹飾る紙の星手に孫来たり
梅漬けて孫の来る日を待ちをりぬ
入学の孫へピンクのランドセル
初電話初孫の今生まれしと
生れし孫の顔見えさうな初電話
みどりごを初湯に抱ける吾思ふ
孫たちの裸の胸の豊かなる
孫迎ふに被り直せる冬帽子
孫の来るたびに竹の子伸びてをり

孫たちの皆親になり賀状来る
秋彼岸花豆を煮て孫を待つ
庭に咲く駒草孫を迎へけり
梅の花添へてあるなり孫の文

峰石さんにとって、お孫さんの存在は「希望」であり「生きる輝き」である。幼かったお孫さんたちが立派に成長され、結婚し親になっていかれる様子が生き生きと描写されている。多くのお孫さんの成長はまさに「希望」そのもの。お祖父さんのことが大好きなお孫さんたち。峰石さんの満面の笑顔が目に見えるようだ。

聖句より信望愛と初硯
陳情せり山茶花咲くに励まされ
コトコトと男の刻む水菜かな
療養所に生くる百人暖雨浴ぶ
寒椿強く生きよと咲きにけり
終の地のここを包めり大夕焼
被災地との絆求むる去年今年

被災地の子らに幸あれ福は内
朝夕に浅間仰ぎて春を待つ
生かされて米寿となりて年迎ふ
生くるべく今年も梅を漬けにけり
陳情の帰りを待てり月見草
澄む秋の大空にある余白かな
玉音も昭和も遠く百日草
枯忍手にし我が身と語り合ふ
陳情を果たして帰る星月夜
初風呂にミサの心を清めけり
裸木の重なり合うて春を呼ぶ
語り部を終へたる吾に蟬時雨
ハンセン病の歴史を語る文化の日
七夕や両親よりも長く生き
福島の子らと手花火興じけり

学生に昭和史語る夏の夜
若人と日々語らひて年迎ふ
初明りわが療園の屋根屋根に
初空や噴煙なびく浅間山
療園に七十二年山笑ふ
初桜亡き戦友と夢で会ふ
一代畑露草の瑠璃一面に
月今宵母の笑顔の浮かぶなり
讃美歌の流れし通夜や冬の星
焼葱や大正昭和遠くなり
食積や吾の生き欲新たにす
足上げて踏みしめて行く春の霜

峰石さんの生きて来られた日々の力強い歩みの句である。ハンセン病のご苦労を乗り越えてこられた峰石さんの七十二年の療園での命の記録でもある。俳句という一行詩が常に峰石さんの側にあり、峰石さんの命に寄り添ってきた尊い句の数々。

村越化石先生は、「俳句は言葉の芸術です」と言われた。俳句の力は言葉の力である。その力は常に峰石さんの側に寄り添い、峰石さんと共に歩いてきたもう一人の峰石さん御自身でもある。

これからも峰石さんは俳句を心の支えとし、力強く生を極めていかれることであろう。峰石さんの「これから」に更なる期待を寄せていきたい。

峰石さんの句集『春炬燵』に心からの祝福とお喜びを申し上げる。

平成三十一年三月　梅の花の頃に

三浦　晴子

〈参考文献〉

＊二〇一四年『高原』誌より「高原俳句会」（高原俳句会会長・村越化石執筆）

句集　春炬燵■目次

句集 春炬燵

藤楓文芸——一九九八年～

七夕の願ひを受けて竹しなる

ふれあい文芸——二〇〇四年〜

骨堂へ畦を彩る彼岸花

遠花火亡き妻の影見えかくれ

思ひ出を生き甲斐として月見草

妹のふるさと訛り梅太る

自治会の出入口より初燕

水郷のあやめに金婚思ひ出す

山茶花の故郷の土を踏みにけり

浅間山の雪形仰ぎ種を蒔く

初物のぶだうを妻へ供へけり

桜咲き母の忌のまた巡りくる

山上湖の夕日受けをり浮寝鳥

便り書く窓の向かうに猫柳

枯草や土の下にはいのちの芽

待ち合はす間も限りなく雪降れり

被災地の父の形見の桜かな

涼しさを妙薬として山に住む

被災地の子供等と夏惜しみけり

花好きな妻に竜胆供へけり

亡き友の車椅子置く花の下

牡丹の散りゆく中を野辺送り

被災地の悲しみ包む桜かな

懐かしき稲穂の匂ひ吸ひにけり

●群馬県視覚障害協会文芸大会一位二〇一六年

湯の川の音も高まる四月かな

●日盲連文芸大会　文部科学大臣賞二〇一七年

定位置にルーペとペンと春炬燵

33　春炬燵

「高原」——二〇〇五年五月号より　松崎鉄之介 選

初風呂の孫と背中を流し合ふ

正月に八人の孫揃ひけり

雪を来し孫へそれぞれお年玉

今も妻と二人三脚春近し

黎明に起き出づ吾れは年男

妻の香のベッドのほとり日脚伸ぶ

今生の別れを惜しむ牡丹雪

天国に召されし妻よ風光る

野遊びや携帯電話腰に吊り

虎杖の新芽噛みしは遠き日よ

白牡丹紅牡丹と咲きにけり

バラ活けて妻の香りの満ちてくる

入所して六十年や星祭

菊根分雨の湿りのほどよかり

亡き妻の父母と再会四葩咲く

山百合の匂へる道を葬の列

盆の月納骨堂に花満てり

ひまはりに強く生きよと諭さるる

「高原」——二〇〇六年　松崎鉄之介 選

天高し白根浅間を眼の前に

邯鄲を面会の子と聞きゐたり

萩こぼれ孫と別れの握手せり

遠き日の母を思へり曼珠沙華

坂道の落葉に足をとられまじ

タイ国より帰国をするに雪降れり

聖句より信望愛と初硯

学生等と手料理囲み初笑ひ

初夢の同期の友を忘れまじ

雪踏んで就職告げに来たりけり

退院の足元に揺れチューリップ

復活祭土割り開く水仙花

水仙の並び咲きをり一代家

今日晴れて牡丹に傘を与へけり

蝉の声少年の日に帰りけり

二度咲きのタンポポに足止めにけり

神学校花いんげんの花盛り

旅先の蛙の声に家郷恋ふ

妻を思ふ南部風鈴鳴るたびに

胡瓜もみ妹の包丁さばきよし

母在りし頃の匂ひに梅を干す

人を待つ玄関へまづ水打てり

妻の顔浮かびて夜の秋となる

55　春炬燵

「高原」――二〇〇七年　松崎鉄之介 選

いんげんの天ぷら揚げて孫を待つ

留守中に葬儀の終へてもみぢ冷

再会の孫と落葉を踏みにけり

秋日和妻の遺影と旅をせり

年忘れ介護の手もて踊りけり

陳情せり山茶花咲くに励まされ

聖樹飾る紙の星手に孫来たり

餅焼きてふるさとの香を思ひけり

年賀状手書きの文字のあたたかし

三家族集ひ初夢語りあふ

外人と会話交すに梅香る

明星に心の弾む二月かな

就職の決まりて笑顔見せにくる

新しき寮舎の門にタンポポ咲く

ランドセル負ひし背中に花吹雪

福寿草咲けり傘寿の誕生日

菜の花や平和祈願の天主堂

会ふたびに伸びる子の丈麦の秋

戦友を偲ぶ沖縄青葉潮

起き抜けの山毛欅の若葉の眩しかり

八十路には少し派手目や更衣

慰霊祭遠くに燃ゆる山つつじ
励ましてくれるがごとし立葵
生き残りの吾星祭る戦友と

梅漬けて孫の来る日を待ちをりぬ

生きてゐる確かな今日を大根蒔く

野辺送り誰も仰げる夏椿

沖縄より苦瓜の荷の届きけり

「高原」――二〇〇八年　松崎鉄之介 選

石仏に礼して行けり茸狩

竹皮に弁当くるみ運動会

後ろ姿に亡き妻しのぶ十三夜

入学の孫へピンクのランドセル

辞世の句ペンをもて書く雪の夜

古里の丸干芋をなつかしむ

この朝の初雪踏みて陳情す

コトコトと男の刻む水菜かな

蕗の薹出たか地酒を友と酌む

桜咲き亡き戦友の顔浮かぶ

雪解道大き靴跡ありにけり

冴返る父の形見の腕時計

療養所の土手一画にタンポポ満つ

療養所に生くる百人暖雨浴ぶ

神となりし妻に水仙捧げけり

緑陰の聖堂讃美歌流れをり

緑陰に先人偲ぶ慰霊祭

父の日や宅配に受く胡蝶蘭

妻の忌の雨に色増す花菖蒲

花菖蒲咲きて故郷しきり思ふ

百合の花妻へ供ふによく匂ふ

高原へ早々と来る赤とんぼ

幼き日へ帰る思ひのラムネ玉

八月の夢に逢ふ人幾人ぞ

「高原」——二〇〇九年　松崎鉄之介 選

終戦日の語り部一人残りをり

里帰りして故郷の運動会

古里や少年の日の柿の色

錦秋の山つらなりて空青し

冬至南瓜食べよと逝きし母の声

お降りの雪にわが眼の浄められ

寒椿強く生きよと咲きにけり

七草や母の手仕事思ひをり

山眠り深々と神おはしけり

誕生日祝ふ如くに福寿草

鯉幟泳ぐに意欲満々たり

菜種梅雨浅間白根の間に村

遺影との再会修す夏の旅

戦友の牡丹朱色やいまも咲く

孫の来て年々増ゆる菊根分け

終の地のここを包めり大夕焼

あぢさゐの空の青さに染まりをり

蝉時雨来る園児等の黄の帽子

百合の香の風に送られきたりけり

蟬時雨体験語り終へにけり

納骨堂の読経かき消す蟬時雨

「高原」——二〇一〇年 松崎鉄之介 選

コスモスにナース等足を止めてをり

灯火親し白寿嫗の歌集手に

女郎花笑顔もて孫迎へけり

再会の友と二人の紅葉狩

童心に返りて故郷の藷を食ふ

新米の一粒ずつに月日あり

虎の字を筆にて書けり吉書揚
御降の雪に心を清められ
山と空ひとつとなりて淑気満つ

初電話初孫の今生まれしと

枕辺に音声時計去年今年

抱き上ぐるお喋り人形初笑ひ

雪の夜母の民話を聞きたかり
ひなあられ故郷のはらから思ひ出す
面会の子らの楽しむ名残雪

父母の声春の浜にて聞きたかり
里帰り梅と桜に迎へられ
草餅の香に語り部となりにけり

草萌ゆる雨降る中にて鎌を研ぐ

八十八夜進学をせし孫と汲む

妻の忌にマーガレットの白咲けり

過疎の地にひとときは高し鯉のぼり

朝採りの幅広隠元土産とす

妻植ゑしあぢさゐの花白多し

萩こぼる道を好みて一人行く

風の道風鈴会話する如し

亡き妻を偲び歩くに法師蝉

終戦日亡き戦友に水供へ

103　春炬燵

「高原」——二〇一一年　松崎鉄之介 選

新米のお握り貰ひ帰りけり

湯に入るや映る満月崩さずに

水仙に生きる力をもらひけり

山眠り裾の村の灯近く見ゆ

霜柱同級生と踏みしこと

生れし孫の顔見えさうな初電話

みどり子を初湯に抱ける吾思ふ

百年の歴史ある園松飾る

寒晴れや野辺の送りの黒眼鏡

風花の舞ひて孫らの集ひ来る

誕生日福寿草もて祝はるる

すすぎもの泳がせて干す深雪晴れ

復活祭白根浅間も雪化粧

白寿の友送りて初音聞きにけり

療園の池に咲き出づ水芭蕉

誕生日の孫に藤房垂れにけり

白牡丹向き合ひて今生かさるる

生きてゐる証夜涼を楽しめり

被災地やただ一株のあやめ咲く

早起きの窓辺に咲ける時計草

サルビアのやうに明るく生きたかり

梅漬の香に居て孫の来るを待つ

父の日や父との旅の無きを悔ゆ

旅一日稲穂の波に出合ひけり

「高原」——二〇一二年　松崎鉄之介　選

独り居の書斎に一人虫を聞く

雲を見て秋明菊へ語りかけ

故郷の夢見る布団干しにけり

送られし梨を供へて妻と会ふ

吉書揚夢を大きく書きにけり

冬の朝蛇口の音のぽとぽとと

父の歳越えて生きゆく防寒着

被災地との絆求むる去年今年

梅擬赤く色付き小鳥呼ぶ

同郷の友と二人の冬至の湯

宮家より賜ふ紅白チューリップ

孫の来て雪と遊びて帰りけり

復活祭主に委ねゐしわが余生

雪解けて庭木の枝剪る鋏鳴る

鉢植ゑの紅梅匂ふよき日和

ほととぎす重監房の無残なる
初節句祝うて桜吹雪かな
山裾の伏流水に水芭蕉

新緑の白根に空の明らめり

妻の忌に妻の教へし梅漬くる

山住みの緑雨に心明らめる

友の通夜開き始めし白牡丹

入道雲浅間隠しに居座れり

青蛙飛びくるものを待つ構へ

合歓の花を語り相手に一人居り

朝採りの胡瓜の棘に目覚めけり

「高原」——二〇一三年　松崎鉄之介　選

新米を妻に供へていただけり

紅白の水引の咲き孫華燭

初詣新調の靴軽やかよ

ふるさとは前も後ろも梅畑

酒断ちし母は徳利へ水仙さす

野辺送り修して雪に包まるる

花嫁姿の冠雪となる白根山

冬の朝雪の浅間に見守られ

妻亡くて厨へ立つも年新た

心弾む猫柳生ふ裏の道

被災地の子等に幸あれ福は内

朝夕に浅間仰ぎて春を待つ

孫夫婦大根を煮て待ちゐたり

特攻兵の眠りをる丘桜咲く

一人居の窓辺に大き胡蝶蘭

俎板の音軽やかに日脚伸ぶ

水芭蕉花嫁姿の姉思ふ

熊本の柿の若葉に迎へられ

母の日に妻の愛せし花もらふ

桐咲くも白根浅間に雪残る

起き抜けに夏の日の出の光浴ぶ

孫たちの裸の胸の豊かなる
秋を呼ぶ大暑にも咲く月見草
礼拝の賛美歌に添ふ蝉時雨

短夜の蛍を蚊帳に放せし夢

整備兵の己が青春終戦忌

山に咲く山百合の色変らざり

戦友の形見の時計終戦忌

手花火を被災地の子等楽しめり

月見草被災地跡に乱れ咲く

「高原」——二〇一四年

松崎鉄之介 選

草雲雀聞きつつ友へ便り書く

虫聞いて涙湧き出づ通夜帰り

竜胆に学徒出陣の頃偲ぶ

孫迎ふに被り直せる冬帽子

師走入り一日あつと言ふ間なる

陳情の帰路を待つかに雪しまく

書初に午の一文字書きにけり

朝霞神の吐息と思ひけり

庭の一位マリア像めく雪の中

生かされて米寿となりて年迎ふ

風光る折目正しき新部長

療友の歩み弾みて春めけり

森の道鳥交る声あちこちに

蕗の薹の吸物添へり朝の膳

石鹸玉に夢を託せし幼き日

戸を開き甘き香りの春の風

富士桜の挿木芽吹きて友へ分け

朝採りのキャベツ孫にも分けにけり

生くるべく今年も梅を漬けにけり

孫の来るたびに竹の子伸びてをり

陳情の帰りを待てり月見草

「高原」——二〇一四年一一月号　三浦晴子 選

澄む秋の大空にある余白かな

山百合に出逢ひて妻を思ひけり

風呂帰り白粉花と語り合ふ

戦友の墓参の夢に秋彼岸

玉音も昭和も遠く百日草

萩咲いて妻に供へしおはぎかな

「高原」——二〇一五年　三浦晴子 選

文化祭桜紅葉に迎へられ
枯忍手にし我が身と語り合ふ
物干し場手がかじかむよ園の朝

陳情を果たして帰る星月夜

白鳥来国境のなき大空を

新潟へ新春講演孫迎へ

初空に明けの明星生まれけり

初風呂にミサの心を清めけり

寒椿天を仰ぎて咲きにけり

孫たちの皆親になり賀状来る

雪晴れや吾が分身の黒眼鏡

まだ誰も踏まぬ初雪ミサに行く

裸木の重なり合うて春を呼ぶ

咲き初めて水仙客を迎へをり

雪解けてすぐに顔出す蕗の薹

若き日の麦踏みしこと思ひ出す

留守三日桜の花に迎へられ

出会ひたる日米記念の花水木

楤の芽を妻に供へて妻と食べ

山躑躅赤々葬の骨白し

八月や亡き戦友に水供へ

風鈴の音色にひびく妻の声

語り部を終へたる吾に蝉時雨

百日紅夏惜しみつつ散りにけり

終戦日夕菅の黄の咲き満てり

秋の色浅間の稜線絵のごとく

秋明菊天に向かつて祈りけり

秋天や浅間白根に紅を増す

「高原」——二〇一六年　三浦晴子　選

陳情を果たして仰ぐ後の月

医者いらずと言はれし柿の真赤なり

文化の日足音高く孫来たる

園児らの歌に誘はれ木の実落つ

ハンセン病の歴史を語る文化の日

初冠雪の浅間の山に朝日射す

珊瑚のごと朝日を浴びて実南天

仏壇に万両供へ年用意

書初や申の一字を太々と

白粥にひと色添へて蕗の薹

草津高原真つ先に咲く福寿草

土産にと孫の持てきし猫柳

わが卒寿祝うてくるる春の雪

昨夜の雪被る一輪梅の花

療園にぞくぞくぞくぞく木々芽吹く

足軽き靴を今日より万愚節

浅間嶺に向かひ一礼復活祭

四月末富士桜咲く栗生の地

わが庭に辛夷咲くなり天目指し

療友の命日の朝雉の声

母の日に孫から届くカーネーション

亡き妻に声かけ新茶供へけり

蛇笏の地より唐黍のはや届く

蝉時雨浴びながらゆく礼拝堂

夏椿一輪の散り野辺送り

七夕や両親よりも長く生き

くちなしの一輪匂ふ朝の居間

梅干して音訳図書に耽るなり

福島の子らと手花火興じけり

向日葵に朝の挨拶顔上げて

学生に昭和史語る夏の夜

園児らの和太鼓ひびき爽やかや

八十一人入所者集ふ敬老日

秋彼岸花豆を煮て孫を待つ

187　春炬燵

「高原」——二〇一七年　三浦晴子 選

錦秋の山と向き合ふ納骨堂

松林の奥に一点櫨紅葉

皮剥きて口の酸つぱき早生蜜柑

茶の花や今年も会へる久慈郡

霜晴や遠くに見ゆる浅間山

霜柱踏む音たのし卒寿翁

実南天ふるさとの子は健やかに

冬至湯に友と背中を流し合ふ

若人と日々語らひて年迎ふ

初明りわが療園の屋根屋根に

初空や噴煙なびく浅間山

深雪晴猫と雀の足の跡

凍晴や稜線凛と浅間山

雪漕いでかもしかのそりのそり行く

立春や千葉より届く花菜の荷

木の根元丸く広がる雪間かな

窓開けて朝の体操山笑ふ

療園に七十二年山笑ふ

仏壇より匂ひほのかに桜餅

浅間山雨に洗はれ復活祭

初桜亡き戦友と夢で会ふ

春雷や父の拳骨思ひ出す

雨となり牡丹の花へ傘をさす

都忘れ手折りて妻へ供へけり

梅雨晴間洗濯物のすき間なし

枇杷の種兄弟同士飛ばし合ひ

朴の花木の天辺に鎮座せり

朝の蟬亡き父の声思ひ出す

白根山朝の雲海見はるかす

稲妻の多き年なり稲実る

海の日は戦友想ふ日となりぬ

一代畑露草の瑠璃一面に

庭に咲く駒草孫を迎へけり

納骨堂に眠る療友秋彼岸

「高原」——二〇一八年　三浦晴子 選

わが園に秋の七草揃ひけり

月今宵母の笑顔の浮かぶなり

鉢植ゑの稲の実りて雀来る

菊の香や亡妻を身近に感じゐて

讃美歌の流れし通夜や冬の星

故郷の色変へぬ松仰ぎけり

カモシカの見舞を受けぬ今朝の春

埼玉の学生枇杷の花持ち来

雪纏ふ欅聖樹となりにけり

焼葱や大正昭和遠くなり

雪踏んで元園長の来たりけり

食積や吾の生き欲新たにす

どどどどん庇より落つ大氷柱

節分や大声出してみたくなり

梅の花添へてあるなり孫の文

足上げて踏みしめて行く春の霜

雪解けの庭に佇み深呼吸

分身の補聴器つけて春の雷

あとがき

私が本格的に俳句を始めたのは一九九八年からで、七十二歳のときでした。古くからの友達である故白井米子さんに、折に触れ俳句を勧められていましたが、すでに詩と川柳をやっていた私はなかなかその気にはなれずにおりました。しかし、昭和二十四年、三十歳という若さで亡くなられた浅香甲陽さんの一句、「今生の夕日を渡る四十雀」だけは鮮明に覚えています。

私にとって俳句は難しいものと思っていましたが、何事も挑戦という気持ちから高原俳句会に入会いたしました。俳句界で権威のある賞を多く受賞され、また紫綬褒章を頂いている故村越化石さんのご指導で、月一回の句会に参加させて頂き勉強させて頂きました。また俳句雑誌『雲海』にも入会し、現在も勉強させて頂いております。

俳句を指導してくださいました先生方や句友のお陰で、どうにか二十年続けてこられました。故人になられました松崎鉄之介先生、安村佳津男先生、高原俳句会の会員の方々に厚く御礼申し上げます。

この句集を纏めるにあたり、『高原』俳句選者の三浦晴子先生に御鑑選をお願いいたしました。句集名『春炬燵』も句集中の句から選んで頂きました。そしてお忙しいなか、懇切丁寧なご序文も賜わりました。心より感謝申し上げます。ありがとうございました。

本集刊行にご協力頂きました新葉館出版の竹田麻衣子さんにも御礼申し上げます。

二〇一九年二月二十二日　九十三歳誕生日

藤田　峰石

●著者略歴

藤田峰石（ふじた・ほうせき）

1926年2月22日　茨城県に生まれる
1945年7月7日　国立栗生楽泉園入園
1946年5月3日　石井ふさと結婚
1960年　栗生楽泉園自治会執行委員、現在に至る。
1975年　栗生高原川柳会入会
1976年　栗生詩話会入会
1978年　川柳研究社入会
1979年　東京みなと番傘川柳会入会
1988年10月10日　詩文集『方舟の櫂』皓星社
1992年5月　『藤田三四郎詩集』青磁社
1993年2月1日　散文集『マーガレットの思い出』青磁社
1994年6月30日　散文集『水仙の花を手にして』さがらブックス
1996年8月22日　詩集『出会い』土曜美術社出版販売
1996年12月22日　『月見草に出会う』土曜美術社出版販売
1998年11月22日　『一粒の麦』葉文館出版
1999年1月1日　東京みなと番傘川柳会同人・自選
2000年1月　川柳研究社幹事・自選
2000年4月1日　西毛文学同人
2001年2月22日　『私と落葉』新葉館出版
2001年　茨城新聞詩壇の部「後期賞」受賞
2002年10月28日　群馬県「県功労賞」受賞

2004年6月19日　58年連れ添った妻ふさ、78歳にて逝去
2004年6月22日　『白樺のうた』新葉館出版
2005年3月15日　『白樺の木立を越えて』文芸社
2006年11月22日　『マーガレットの丘』新葉館出版
2006年　雲海俳句会会員
2009年1月　『月光を浴びて』新葉館出版
2011年2月　『死の谷間母の言葉で生まれ変わる―クロッカスの香り』新葉館出版
2012年2月　『川柳句集 旅路の六十年』新葉館出版
2013年10月　『合歓の木は揺れて』新葉館出版
2014年　重監房資料館運営委員
2015年7月　『夕菅の祈り―偏見と差別解消の種を蒔く』新葉館出版
2016年8月　『風のうた―偏見と差別解消が芽吹きする』新葉館出版

〈MOL合同証文集に執筆〉
1972年　『現代のヨブたち』
1976年　『地の果ての証人たち』
1979年　『いのちの水は流れて』
1985年　『わたしの聖句』
1991年　『私の賛美歌』
1980年　詩話会合同詩集『骨片文字』
1982年　川柳会合同句集『高原』

現住所　〒377-1711　群馬県吾妻郡草津町大字草津乙650
☎　0279-88-4083

句集　春炬燵

○

2019（令和元）年 6 月 21 日　初版発行

著　者

藤　田　峰　石

発行人

松　岡　恭　子

発行所

新　葉　館　出　版

大阪市東成区玉津 1 丁目 9-16 4F 〒 537-0023

TEL06-4259-3777　FAX06-4259-3888

http://shinyokan.jp/

印刷所

株式会社太洋社

○

定価はカバーに表示してあります。

ISBN978-4-86044-536-2